賀家堡

る

石舒清《シー・シュウチン》

水野衛子　訳

賀家堡

賀家堡《ハージアーパオ》〔地名〕の楊万生《ヤン・ワンション》老人は、常に自分は罪深いと感じていた。老人をよく知る者は、老人が何でもないのに、突然、誰かに頭から洗面器で冷水を浴びせられたように震えだすのを知っていた。老人が震えだすと、周りの人まで冷気が老人の体から襲ってくるように感じた。老人もそれを知っているので、そんなふうになるのは独りきりの時が多い。老人は自分を理解してくれる人には、本当に冷水が胸にふりそそがれたような、あるいは火で胸をあぶられたような、あるいはナイフで胸を突き刺されたような感じなのだ、と話すこともあった。老人にとって、それは当然なことであり、人の心は汚れきっているので、特別な方法で覚醒させ、清める必要があると考えていた。楊万生老人は礼拝では、かなり長い時間、泣いた。礼拝を終えると、しわやひげについた涙の痕を洗い流すために、顔を洗わなければならなかった。

回族の老人には罪悪感を自覚する者が少なくない。楊万生老人はその点が少々突出しているにすぎない。罪深いと言っても、別に大した罪があるわけではない。そのことは回族なら誰でもよく分かっている。逆に、こうした自己認識ができる者に対して、彼らは相応の敬意と信頼を寄せた。

それゆえに、村での楊万生老人の印象もとても良かった。もし、誰かがやってきて楊万生老人を連れ去りでもした日には、人々はきっと、悪いことをしたからではなく、何かいいことのためだと思うだろう。世の中には、いいことをして表彰される人だって大勢いる。村人たちにはそういう認識があった。

もちろん、人々から見ると楊万生老人には臆病なところがあり、上部組織から保長〔村長と町長の間ぐらいの役職〕にと何度推されても引き受けなかった。保長が嫌なら、村長になればいい、村での印象も良く、村人もそれを望んでいるし、何かと都合よかろうにと思うのだが、それも引き受けない。楊老人の説得にあれこれ言葉を尽くす様子は、役職につかせるためではなく、日雇いに引っ張り出すかのようだった。人間はいろいろである。保長も村長もたいした役職ではないが、それでも就きたがる者は少なくないのに。

このあたりは大体が貧しい地域として知られていたが、賀家堡だけは風水に恵まれているのか、小さな川が村の手前を流れていて、その流れは途絶えることがなかった。川の水はやや塩分を含み、飲むとしょっぱいが畑の灌漑には問題ない。そのため、賀家堡には他では見られない景色が広がっていた。四角く区分された水田や果樹園、野菜畑が点在し、川で魚捕りをして遊ぶ子どもたちの姿が見られた。老人たちの話では、昔はこうではなかったそうだ。ずっと以前に大地震が起きて以来、このあたりは突然、水源に恵まれるようになったという。それゆえに貴重でもあり、またそれ以上を望むこともなかった。

こうした土地に住む人々は、足るを知る一方で不安も感じていた。こうした日々が何だか不思議に思えてならなかったからだ。それで、賀家堡の人たちは果物や野菜を町に運んで売る際に、本当はもっと高値で売ってもいいし、その価格でも売れないことはないのに、身の程を知っているため、少しばかりの利益が得られ、売り手と買い手とが満足すればそれでよしとした。人というものは、矩《のり》を越えなければ互いに礼儀や規律を守る。だが、度を越せば相手も強く出る。ここの野菜や果物も必ずしも賀家堡のものとは言えない。果物や野菜に、持ち主を示す刻印が押されているわけじゃない。楊万生老人の言葉を借りて言えば、貧しい暮らしも豊かな暮らしも容易ではない。誰もが日々を暮らしていかなくてはならないのだ。

それでも、村人たちは楊万生老人を、決して日々の暮らしに安住する人間とは見ていなかった。何か他に考えがあって、暮らしは二の次と考えているところがあった。もちろん、それも老人の暮らしぶりが充分によかったからである。

村で水田と果樹園を一番たくさん持っているのは、楊万生老人の家だった。それらはすべて先祖代々受け継がれてきたもので、楊万生はそれらを近隣の村人に貸し出して耕作してもらい、毎年、双方の取り決めにより収穫の一部を受け取ることにしていた。楊万生老人もよい農民ではあったが、水田や果樹園を小作に出してからは、あまり野良仕事はしなくなった。彼は皮革の仕事が好きだった。毎年、稲穂が青々と稔り、果樹園の花が咲き、小川が楽しげに流れ、太陽の光が穏やかに人々を照らすようになると、楊万生は孫たちをしたがえて、小川の水で羊の皮を洗うのだった。ズボンの裾をたくしあげ、昔の踊りでも踊るように、羊の皮を足で踏む。洗い終わり、ずっしりと濡れた皮を岸辺に置くと、おたまじゃくしや小魚が乗っかっていて、楊万生はそれらを手のひらに入れて、川に放してやるのだった。羊の皮を踏む時も、おたまじゃくしと小魚にはくれぐれも注意するよう、孫たちに繰り返し言い聞かせた。元気そうに見えても、踏まれるとすぐに死んでしまうからだ。羊の皮は何度も繰り返し洗う必要があり、塩分を含んだ川の水に長いこと浸した手足は、死人のそれのようになる。

楊万生老人は、さらに羊の皮を服に仕立て、町に持って行って売る。皮革仕事はしんどそうなので、誰もがそんなことをすることはないと言った。苦労して服に仕立てても、たいしてもうかるわけでもない。だったら、田んぼや果樹園の仕事に専念したらどうだというわけだ。でも、水田も果樹園も小作に貸してしまったし、小作人たちは楊万生以上に一生懸命に農作業に励んでいる。だんだん収穫の量も増えて、小作人たちの分け前も増えていった。そのことは誰の目にも明らかだった。要するに、楊万生老人には何もすることがないのだ。それもまた皮革仕事に励む原因であった。じっとしていられない性分だった。だったら、果樹園を見回り、水田を見回ったりすれば、一日は過ぎていくだろうと言う者もあった。遊びがてらぶらぶらするだけで、疲れないし、皮革仕事よりもはるかに楽ではないか。だが、それも他人の考えであって、楊万生老人には通じなかった。

当時、楊万生は拱北《ホンベイ》〔イスラム教の指導者たちの墓地〕の教主の楊老人と親しかった。教主も姓を楊と言い、楊万生が己の罪深さを自覚し、礼拝のたびに泣くのは、この楊老人と親しく付き合っていたからだと皆は言った。だが、楊万生は楊老人と付き合う前から、泣き癖があった。楊老人も楊万生の泣き癖にはうんざりし、あるいは楊老人までもが楊万生が泣くのにつられて涙を拭ったという。だが、その二つの話を信じる者は多くなかった。そもそも楊老人がうんざりするだなんて、彼を誰だと思ってる。たとえ胸のうちではそう思ったとしても、顔に出すはずがない。楊老人が楊万生につられてもらい泣きしたというのも信じられない。老人はどんなことも経験してきた。その老人に涙を流させるのはそう簡単ではない。でも、二人の関係が良かったことは誰もが知っていた。毎年、穀物や果物や野菜が収穫されると、楊万生がまずすることは、出来のいい物を選んで、荷車に山積みにし、自ら拱北まで届けることだった。当時はまだ解放前でもあり、拱北は人も多く、消費量も多かった。そこで、楊万生の作物はおおいに必要とされた。その後、楊万生は果樹園を二つに分け、自分に一つ残し、もう一つを拱北に差し出し、どちらも自分で人を雇って栽培させた。果実が実ると、拱北からロバの隊列が荷を運びにやってきた。それは解放後〔新中国の誕生後〕、農地改革が行われ、楊万生の土地が没収されて公のものになるまで、数年間続いた。

ある日、賀家堡にロバに乗った人たちがやってきた。ロバ隊は一種独特の雰囲気があり、何かとても重要かつ秘密の知らせをもたらしにきたらしく、自分たちが何のために、何をしに来たのかを決して人に話そうとはしなかった。彼らはまさに拱北からやってきたのであり、一行の頭は甄爺《ジェンイエ》と言い、白いヒゲを風になびかせていた。甄爺は拱北のアホン〔イスラム教の僧侶〕で、ずっと楊老人に仕えてきた人でもあり、信者の間では大変な声望があり、楊老人のあれこれは、すべて彼が代わってそれを信者に伝え、また解決してきた。この一行はまさに楊万生が、父親の命日に祈禱してもらうために呼んだのだった。ロバは裏庭の家畜小屋につながれた。ロバたちはいずれもよく肥えて頑強で、ロバたちが頭を揺すり、尻を振り、尾を揺らしていなくと、楊万生の家の家畜たちはおびえて隅っこに縮こまった。拱北のロバは鼻に赤い花をつけ、首には銅の鈴をつけ、その鈴はちゃりんちゃりんと鳴って、家畜小屋はにぎやかな熱気に包まれた。

楊万生の孫たちがちょうどそこで遊んでいて、そのうちの四、五歳になる子が従兄に、ロバの鈴を取ってくれるようせがんだ。そのしつこさに負けた従兄は飼い葉桶によじのぼり、頭をたれて草をはんでいるロバの首から銅の鈴をとりはずすと、従弟に渡した。小さな子どもはそれを自分の首にぶらさげ、こっそり庭を出ると、門をくぐるや駆け出した。銅の鈴がずっと鳴り続けて、子どもはうれしくてたまらない。その日はちょうど、村のある家の息子の結婚式がとりおこなわれていた。その子が鈴をぶらさげたままやってくると、その家の人々に頼まれ、しぶしぶ鈴を彼らに渡した。彼らは鈴を新郎の首にかけ、地面にかがませて新婦を馬乗りにさせた。こんないい物を持ってきたというので、その子を馬をひく係にさせて、新婦を乗せた新郎を引っぱって、行ったり来たりさせた。子どもは、ちょうどその頃、自分とおおいに関係のある出来事が起こっていることを知るよしもなかった。何十年も経って、そのことを思い出す時、喜びの涙なのか、悲しみの涙なのか、彼はいつも滂沱と涙を流し、自分を抑えられなくなったものだ。

新婦をからかって遊んでいる最中、その子の家では祖父の楊万生老人が地面にひざまずいて、甄爺に自分の考えを説明していた。楊万生は甄爺に、孫のうちの一人を拱北に連れて行って、楊老人の机を拭いたり、床を掃いたりする役目に雇ってくれと頼んでいたのだ。応じてくれれば、子どもにとってもいいことだし、楊万生にしてみれば宿願がかなうというものだった。しかし、拱北にとっては、いくら自分たちに、特に楊老人に子どもをくれる話とは言え、甄爺にとっては迷惑でしかなかった。楊万生の狙いは孫を拱北に連れて行って、出家させてくれということなのだ。楊万生が涙にくれたまま地面にひざまずいて立とうとしないので、甄爺は困ってしまった。そこで言った。わしを困らせないでくれ。わしだけでは決められないのだ。これは大事なことだから、戻っておうかがいを立ててから返事をしよう。あんたも楊老人と親しい、それなりの立場の人物じゃないか。楊万生は泣きながら言った。甄爺、あなたならわしの願いをかなえることができるはずだ。わしは罪が重い。どうか、わしの罪を軽くしてくれ。そう言われると甄爺も涙をこぼし、声をかすれさせて言った。大事なことだから、楊老人には必ずわしからあんたの言葉をそのまま伝えよう。あんたも家族とよく相談したほうがいい。楊万生は泣きながら言った。この子はわしが一番かわいがっている孫だ。その孫がいい道を歩むことが何よりもわしの願いなのだ、と。

甄爺の言った通り、甄爺たちが帰ると楊万生の家は大騒ぎとなった。楊万生の三男、つまり子どもの父親は、自分の息子を拱北にやり、出家させることに反対だった。三男は、こんな大事なことを父親である自分に相談もしないで、かってに口にしたことを恨んだ。楊万生は、もう言ってしまったことだ、あとは返事を待つだけだ、と言うばかりだった。その後の数年間、拱北からは何も言ってこなかった。楊万生は甄爺が自分の話を伝えていないのでは、と疑ったほどだった。だが、こちらからは打診しにくい。こちらの意思は伝えたのだから、あとは無理強いはできない。楊万生の怒りは息子に向かった。息子に敬虔さが足りず、邪魔立てしようとしたから、楊老人が返事をくれないのだ、と。こうした事柄は不思議なもので必ず伝わるのだと人々は感じていた。息子は自分の罪を認めたように黙りこくっていたが、心中ではひそかに喜びをかみしめていた。

しかし、その子が満九歳になった年の、ある小雨の降る日のこと、甄爺は突然、漆黒のロバにまたがって楊万生の家にやって来た。甄爺は謎めいた笑みを浮かべていた。楊老人の委託を受け、その子を迎えに来たのだった。甄爺は楊万生に言った。約束は守ってもらうぞ。今になって惜しくなっても困る。楊老人のために床を掃く人間がいなくなってしまうからな。楊万生はそれを聞くと顔中涙だらけになって、甄爺にお茶を出す支度を言いつけると、自分は慌てて孫を探しに行った。孫は果樹園で果物を食べていた。他にも何人か子どもがいて、楽しそうに果物にかぶりついており、耳には韮が懸けられていて、楊万生の孫も耳に韮をぶらさげていた。何かの遊びでもしていたのだろう。楊万生は孫を連れて戻った。小糠雨が涙のように顔を濡らした。運のいいことに、その日、家には誰もいなかった。山積みにした韮と果物を積んで、町の市に出かけていたのだった。彼らが出かける時には、まだ雨は降っておらず、日がさんさんと照っていて、雨はその後、降りだしてきたのだった。今頃はこっちに戻ってくる途中かもしれない。甄爺はのんびりとお茶を飲んでいた。楊万生は甄爺をせかした。甄爺もお茶を飲み干すと、急いで出立した。甄爺と楊万生の孫は大きな威勢のいいロバにまたがり、甄爺は片方の手で手綱を握り、もう片方の手で子どもを胸に抱いた。楊万生がロバの後ろで身をかがめて嗚咽をもらしながら、別れの言葉をつぶやくと、甄爺は手綱を振り下ろし、黒いロバは意気揚々と賀家堡を去っていった。

この子どもは後に楊老人の衣鉢を継いで、影響力のある教主となった。彼が師匠と違うのは、その一生が実に苦労の多いものだったということだ。彼は私に語った。自分は一生のうち、監獄だけでも十三回も入ったことがある、と。洗礼名はサリハといい、本名は楊徳貴《ヤン・ダークイ》という。去年の冬、そのいまわの際に私は幸いにも数日間、そば近く滞在することができ、そこでこの昔話を知り、こうして文字に認《したた》めた。さらに彼に関する資料を集め、ぜひ彼のために一冊の本を書きたいと思っているが、それはまた後の話である。彼の安息と、その祖父の楊万生の安息を心から願う。

塀を作る

馬風全《マー・フォンチアン》は、女房と息子の虎虎《フーフー》とで果樹園に塀を作った。その後に起こったことは、誰も予想もしないことだった。

　果樹園には三十数本の梨や杏や姫リンゴなどの木があり、そのうちの一本のクルミの木は義弟の家から移してきたものだった。クルミは義弟のところでは実がならず、実のならない果樹なんてというので、馬風全がくれと言って、自分のところの果樹園に移してきたのだ。今年は一年目なので、まずは根をつけさせ、来年には実がなるだろう。クルミの木はこのあたりでは数は少ないが、まったくないわけではない。村にもクルミの木を植えている者がいるし、他の木と同じように実がなっている。木になったクルミと、もいでから時間の経ったクルミとはまるで別物だ。もいだクルミは、木になっているものからはとても想像できないものだ。義弟は冗談で言った。あんたの家で実がなったら、俺にも半分くれよ。もちろんそれはかまわない。だが、義弟もその時になれば本当にくれとは言わないだろう。

馬風全は果樹栽培の方面にそれなりの経験があった。木によって栽培方法が異なることも知っている。果樹栽培は奥が深く、また面白いものがある。馬風全は、果樹と人間は同じで、人間が百人いればそれぞれ違うように、果樹もまた違うと感じていた。果樹栽培に心を傾けてはじめて、果樹と人間とにたくさんの共通点を見出した。ある時、馬風全が寺でアホン〔イスラム教の僧侶〕に果樹栽培の経験を話すと、アホンは熱心に聞き入って、馬風全が語るのは単なる果樹栽培の道理ではなく、たくさんの道理を果樹栽培を通じて語ることができると言ったものだ。アホンの評価に馬風全はうれしくなり、自分が僧侶と同じ知識人であるような気分になった。

だが、口で言うことと実際の生活とは違う。誰でもそうだ。生活の中ではあちこちで壁にぶち当たり、文句たらたらとなり、言うこととすることは食い違うものであり、理屈通りにしていては身がもたない。だが、そのように道理を語ることが人には必要なのであり、また人も耳を傾けるものなのだ。人間とはそういうものだ。道理を説いている時には自分もそんな気になるが、いざ、行動となるとそんな自分を忘れてしまう。

たとえば、塀にしたところで、別に作らなくてもよかった。果樹園にはもともと塀があり、それだって作ってから五、六年しか経っておらず、まだ苔も生えていない。なのに、また塀を作ったのはなぜか。作らないわけにはいかなかったのだ。もとの土塀が低いため、毎年、果樹に花が咲く頃になると、子どもたちが塀をよじ登ってきて、枝を折ったり、実がなったばかりの果実をもいだりして、実がさらにたわわになりだすと、果樹園はまったく油断ならなくなった。昼間なら見張りもできるが、夜はどうする。夜は寝ないわけにはいかない。だが、子どもらは夜も寝なくて平気だ。朝、見に行くと、いつも夜のうちに果樹園が襲われた跡を見つけることができた。村人たちに怒り、道理を説いても効果はなかった。それに、毎日人に自分の道理を説いてまわるわけにもいかない。道理はみんな分かっているのだ。何も他人に説かれるまでもない。塀が低いからよじ登ってくるのなら、もっと高い塀を作るしかない。自分のところの果樹園だ。塀を高くしようと誰も文句はあるまい。村人に文句を言わないですむのもありがたい。

馬風全は高い塀で果樹園を囲むことにしただけでなく、塀のてっぺんにガラスの破片を埋めこむことにした。それはもちろんアホンには話せない。アホンに話す時は、つらつら考えるに自分のものなどは何もない、と言わなければならない。たとえば、果樹にしても、果樹が自分の木だと言えるだろうか？　花が咲く前にどれだけ咲くかも分からない。実がなる前にどれだけなるかも分からない。何もかも分からない。何も自分では把握できない。自分で把握する自信がないものは、自分のものとは言えない。この理屈は間違いではない。アホンの前ではこう言うしかない。アホンにこう語ると、自分の気持ちまでがパアッと開けて明るくなった。そう思えば、子どもたちが自分の果樹園で果物を摘んでも、穏やかな目でそれを眺めて、彼らに干渉はせず、彼らを驚かせもせず、もっと言えば腹も立たない。たかが、果物いくつかじゃないか。そうさ、言ってしまえば、たかが果物だ。馬風全はそう考えると、心が晴れ晴れするのを感じ、めったにない、いい気分だった。果樹園の果実が豊作の時でも、こんな気分にはならないだろう。

だが、そんな思いは長続きせず、果樹園に着けば元の木阿弥で、果樹園どころか、寺院の門を出て数歩歩いただけで、気持ちは大きく変わってしまう。胸の中はまた、ぎゅっと締めつけられるような思いでふさがれてしまう。馬風全は、人間の中にはいくつかの自分がいるようだと思った。そのいくつもの自分は、時にはまったく相容れない存在だった。馬風全はアホンの言葉はもっともだと思った。アホンは、人の心は最も移ろいやすく、その変化は多様で、水より安定せず、火種より変わりやすいと言ったが、その通りだった。馬風全はその言葉が、自分の身に起こったことで立証できると思った。アホンの言葉は正しいものばかりで、人のためになるものであり、また人が聞きたいと思う言葉だった。

だが、馬風全は思った。アホンがそう言うのは彼がほとんど寺の中にいるからだ、と。寺の中での話と、外の世界とはやはり別物だ。寺には寺の、外の世界には外の世界の理屈がある。それらはまったく関係がないとは言えないが。それに、馬風全はアホンたちは若すぎると思った。アホンが若すぎるのは決していいことではない。アホンはある程度、歳がいっているべきで、そのほうが知識もあるばかりでなく、経験も豊富というものだ。たとえば、あの若いアホンが馬風全の果樹栽培の話にいたく興味をそそられると、馬風全は得意になると同時に、何とも言いようのない無念さも覚えた。たかが果樹を植える話が、どうして天下を解き明かすことになるのだ？　馬風全は果樹栽培と、果樹園に塀をはりめぐらすことはまた別の話だと思った。この二つは別々に考えてもよく、言葉に出して話そうとすれば、それは複雑このうえない話なのだ。となれば、毎年果実を収穫したら、一番よくできたのを選んで寺の若いアホンに贈って、自分のために祈禱をしてもらおう。ハハハハ。馬風全は、そう自分をごまかした。

果樹園の塀は時折中断しつつも十数日かかって、できあがりが近づいてきた。塀が高く積み上げられると、果樹園の果樹が低くなったように見えた。馬風全が冬に塀作りを選んだのは、彼なりの考えがあってのことで、まず、この季節は果実がないので、面倒を省けるからだった。木にたわわに果実がなっていると、塀作りに適さないのは自明の理である。もう一つの理由は、冬は比較的閑なので、塀作りに集中できるからだ。塀作りは重労働なのである。はじめ、女房と息子とは、自分たちで半分、残り半分は人を雇おうと主張した。そのほうが仕事がはかどるし、いいものができるからだ。一家三人のうち、馬風全だけが一人前の労働力であり、あとの二人は女と子どもだ。おまけに女房は体の具合が悪い。女房はいつも病気がちだった。病気のせいで、性格も変わっていた。時には理屈が通じないこともあった。だが、ほとんどの場合、女房は問題なかった。馬風全のために一人しか息子を産めなかったことをすまなく思っており、少なくとも息子が二人いれば、互いに助け合えるのにと思っていた。馬風全はそれもまた運命だと思った。一本の果樹に果実がいくつなるか決まっているように、夫婦に子どもが何人できるかは決まっているのだ。

けれども、塀作りに関しては馬風全は人を雇う必要はないと考えた。女房や息子が言うように仕事を急ぐ必要はないからだ。なぜ、急ぐ必要があるのか。長い冬のことだ。一家三人が一日に一並びの半分の塀しか作れないとしても、ひと月もしないうちにこの仕事は終わるだろう。まして、一日に半間だけということはありえない。馬風全は女房と息子にさほど期待はしてなかった。働きたいだけ働き、休みたい時は休んでいい。だが、自分に対しては要求は厳しく、塀の上に乗って竿をぶら下げて骨組みを組むだけでなく、時には下に飛び降りて、女房と息子が土をかぶせるのも手伝った。一間分の塀ができあがると、塀の端っこをレンガで固定させなければならない。これも彼の仕事だった。馬風全が塀の端っこを固定させている時、女房と息子は坐って水を飲んだり、小麦粉の団子を食べたりして、しばらく過ごした。馬風全が何か食べたり飲んだりする時は息子がそれを手渡し、馬風全は塀の上にしゃがんで飲み食いした。一家は阿吽《あうん》の呼吸で働き、それなりに仕事を楽しんでいた。

冬の果樹は葉をすっかり落とし、穏やかな日の光の下でけだるそうに休んでいた。果樹園は落ち葉だらけだった。たくさんの葉が木のウロに落ちて腐って黒ずみ、冬の光の中で鼻につく臭いを放っていた。何だか漢方薬の匂いにも似ていた。風がそっと吹いて果樹園の落ち葉を吹き飛ばすと、あわただしげな音が響いたが、木のウロの湿って腐った葉は、めったに風に吹き飛ばされることはない。葉の表面は少し揺れ動くが、風が止めばまた元のところにそのままあった。日の光は暖かだった。暖かな日の光と働いたせいで、馬風全は綿入れの上着だけでなく、白い帽子まで脱いで、塀の端っこに置いておいた。額は熱をもって、汗が吹き出していた。年寄りが馬風全に断って、自分のところの羊の群れを果樹園に追いこんで、落ち葉を食べさせていたのも、いつの間にかいなくなっていた。馬風全は子羊が一頭、母羊の乳をやたらとせがんで、母羊が歩きにくそうにしていた様子を思い起こした。塀はだんだんと高くなり、女房が土をかぶせるのも大変になってきた。土を運んできて、塀の下まで来ると、力一杯、土を上に放り投げなければならないからだ。

村には何も新しい出来事がないため、塀作りもそれなりに面白いことらしく、次第に子どもたちが塀の近くに来て遊ぶようになった。自分の小便で土をこねては、さまざまな形を作っていた。一、二歳の子どもが独り、他の子どもたちと離れて、塀の反対側で熱心に土いじりをしていた。塀が高くなり、太陽が西に傾くと、塀のこちら側は日陰になり、よく見なければ塀のこちら側で一生懸命遊んでいる子どもの姿に気づかないほどだった。にぎやかな楽しそうな声は塀の向こう側からばかり聞こえてきて、時には口げんかの声や楽しげな声が伝わってきたが、塀のこちら側は静まりかえっていた。その子はまだ小さいので、反対側にいる子どもたちの遊び相手にはならなかったのかもしれない。

時間がだいぶ経った。一間の塀がそろそろできあがり、馬風全の気分は愉快で充実感に溢れていた。馬風全一家三人の三つの労働力のうち、二つが女と子どもなのに、こんな見事な塀が作れたのだ。馬風全は塀の上に立って、数日来作ってきた塀全体を眺めた。塀の上のガラスの破片が日の光にきらめいて、すでに見張り人の役割を果たしているようだった。西に傾いた太陽は昼間に比べると、だいぶ重くなったように感じられたが、山の頂に沈むにはまだ少し距離があった。今日はこのぐらいにしよう。明日また一日やれば塀は完成し、この仕事も終わりだ。仕事は一日では終わらないが、一日また一日と時間をかけて、少しずつやれば相当なことができるのだ。馬風全はそうした感慨にふけりつつ、塀の端っこの始末に取りかかることにした。馬風全は女房を休ませ、息子に土をかけさせ、仕事を終わらせることにした。息子が土をかけている間、馬風全はつかのまの休みを取りながら、白い帽子で額の汗をぬぐうと、ついでに塀の上の斜めになっていた竿を投げ下ろした。その竿が落ちる音に不自然さを感じて、ハッとした。女房の叫び声が聞こえた。竿が小さな子どもの体を直撃していた。馬風全は誰かに突き落とされたかのように大慌てで塀から飛び降りた。竿は子どもの頭にぶつかり、脳漿が浸み出していた。小さな口は何かに圧迫されたように歪み、小さな新しい乳歯が見えていた。ふぞろいのトウモロコシのようだった。手には自分の小さな靴を握っていて、靴の中に土がいっぱい盛られていた。もう一方の靴は、まだ足に穿いたままだった。馬風全は自分の綿入れで子どもを覆うと、反対側にまわって、まだ遊びに夢中の子どもたちを追い払った。子どもたちに、来年、果実がなったら、腹いっぱい食べさせてやると約束して。子どもたちは去っていった。少し離れたところから、馬風全に、約束だよと叫びながら。

どうする？　どうしたらいい？　そこには綿入れが投げ出されているだけで、その下には何もないかのようだった。女房は驚いてぶるぶる震えており、地面の裂け目から何かが出てくるかのように見つめていた。女房は何かを言おうとするかのように、助けを求めるかのように夫を見て、また息子を見た。息子は落ち着いていて、まだ事の次第がのみこめていないようだった。馬風全は女房をじっと見つめていたが、急に女房の様子に腹を立て、憎悪すら覚えた。そんな様子では、すぐにことが露呈してしまうではないか。塀の影が濃くなってきた。このままぼうっとしてはいられない。このまま時間を過ぎ去らせてはならない。何とかしなくては。急いで方法を考えなければ。

やがて、夜の帳《とばり》が下りてきた頃、馬風全一家はまだ果樹園で必死に塀を作っていた。誰が思いついたことか、三人はそろそろでき上がりかけていた一間の塀を取り壊して、再び塀を作り、小さな子をその塀の中に塗りこめた。小さいので、塀の中に塗りこんでもまったく目立たない。夜が深まっても、一家三人はまだ塀を作っていた。塀ができあがらなければ立ち去ることはできない。果樹園が静まりかえると、夜風が枯れ葉をそよがせ、新しく作った塀の上にびっしりと埋められたガラスの破片が夜空の星のもと、夜の闇の中でキラキラと寒々しく輝いていた。

馬風全はオンドルに横たわっても、どうしても眠れなかった。今後の自分の人生が、まったく違うものになると分かっていたからだ。

著者

石舒清（シー・シュウチン）

1969年、寧夏・海原県生まれ。回族。寧夏作家協会主席。短篇『水の中のナイフ』で小説選刊賞と第2回魯迅文学賞を受賞。短篇『清潔な日』『たそがれ』でそれぞれ第7回、第8回十月文学賞を受賞。短篇『果実の庭』で第3回人民文学賞を受賞。『苦土』『陰の力』でそれぞれ第5回、第8回の全国少数民族駿馬賞を受賞。作品はフランス語、日本語、ロシア語に翻訳されている。

訳者

水野衛子（みずの　えいこ）

1958年生まれ。慶應義塾大学文学部卒業。95年より中国映画の字幕翻訳、99年より東京国際映画祭の通訳などに携わる。2008年、第1回東アジア文学フォーラムの記者会見通訳を務める。訳書に『中国大女優の自白録』（文藝春秋）、『ジャスミンの花開く』（日本スカイツリー）など。著書に『中華電影的中国語』（キネマ旬報社）ほか、共著に『中国語プロへの道』（大修館書店）など。現在、早稲田大学文学芸術院非常勤講師。

作品名　賀家堡・塀を作る

著　者　石舒清 ©

訳　者　水野衛子 ©

*『イリーナの帽子―中国現代文学選集―』収録作品

『イリーナの帽子―中国現代文学選集―』
2010年11月25日発行
編集：東アジア文学フォーラム日本委員会
発行：株式会社トランスビュー　東京都中央区日本橋浜町2-10-1
TEL. 03(3664)7334　http://www.transview.co.jp